RÊVERIES

ET

RÉALITÉS

PAR

MICHEL BOGROS

Prix : 1 fr. 25 cent.

PARIS

Hector LE BARBIER, Editeur

EN VENTE A L'AGENCE INTERMÉDIAIRE

46, RUE SAINT-PLACIDE, 46

ET CHEZ TOUS LES LIBRAIRES

RÊVERIES

ET

RÉALITÉS

PARIS. — TYPOGRAPHIE LAHURE
Rue de Fleurus, 9

RÊVERIES

ET

RÉALITÉS

PAR

MICHEL BOGROS

Prix : 1 fr. 25 cent.

PARIS

Hector LE BARBIER, Editeur

EN VENTE A L'AGENCE INTERMÉDIAIRE

46, rue Saint-Placide, 46

ET CHEZ TOUS LES LIBRAIRES

RÊVERIES ET RÉALITÉS

RÊVERIES ET RÉALITÉS

A VICTOR HUGO

Grand poëte, reçois cette humble dédicace !
Laisse se réchauffer mon cœur à tes rayons !
Permets à mes regards de suivre au loin ta trace !
Car ton front inspiré fait resplendir l'espace, |
    Maître, de lumineux sillons !

Oh ! je voudrais pouvoir parler ton beau langage
Pour te dire combien je t'admire, et combien
Souvent j'ai tressailli devant ta noble image !
Car toujours ton génie égala ton courage,
    O poëte — grand citoyen !

Nous avons vu sur toi s'acharner des Pygmées
Rancuneux qui rageaient d'être cloués en bas,
Obligés d'écouter les voix des Renommées

Qui portaient en tous lieux tes pages enflammées
D'un feu qu'ils ne comprenaient pas !

Un seul geste eût suffi pour leur fermer la bouche !
Car ces gens-là n'ont pas plus d'âme que d'honneur !
Journalistes Mandrins, à tête de Cartouche,
Veux-tu que leur esprit de louanges accouche ?
.... Fais-leur toucher tes droits d'auteur !

Mais il vaut mieux encor mépriser leurs injures !
Ton génie est trop haut pour en être sali !
Et puis ces insulteurs ont si laides figures !...
Va ! laisse-les grouiller sur leurs tas de souillures !
Ton nom a l'avenir pour lui !...

Paris, ce 18 juillet 1872.

AU LECTEUR.

Ces vers vous paraîtront sans doute
Piètres, moroses et mauvais !
Aussi les mets-je sur la route
Opposée à celle où je vais !

Ayez pour eux quelqu'indulgence,
Mes frères, tendez-leur la main,
Comme l'on fait à l'indigence
Qu'on rencontre sur son chemin.

Leur marche est encor bien peu sûre,
Et leur petit corps frêle aussi !
Oh ! faites-leur douce figure !
Pour eux, je vous dirai : « Merci ! »

CARMINO

Voilà bien la sirène et la prostituée,
Le type de l'égout, la machine inventée
Pour désopiler l'homme et lui boire son sang,
La meule de pressoir de l'abrutissement.

MUSSET, *La coupe et les lèvres.*

I

Ils étaient là, couchés sous l'épaisse tenture !
Auprès d'eux les débris informes d'un festin;
Lui pressait dans ses bras la pâle créature,
Et dans l'alcôve sombre, implacable figure,
Planait en les narguant le spectre du Destin !

Il les tenait ainsi, sous ses ailes, ensemble,
Voluptueusement l'un par l'autre enlacé !
Tout ce que la beauté d'antithèses rassemble
Était sur ces deux corps, à plaisir, entassé !

Elle ? elle avait un port magnifique de reine !
Orgueil ou dignité, impudence ou grandeur,

Poitrine de Vénus ou torse de Sirène,
Qu'importait?... Lui, pardieu, se moquait bien du cœur!

II

Dehors, tout s'éveillait!... Le ciel était superbe,
Plein de soleil!... L'oiseau gazouillait dans les bois!
La rosée embrassait la fleur sous le brin d'herbe ;
C'étaient des bruits confus, des murmures, des voix,
Puis les bourdonnements d'insectes et d'abeilles,
Puis les frémissements de brise dans les prés,
Les calices offrant leurs corolles vermeilles
Au baiser matinal des rayons tout dorés!

Pendant ce temps, tous deux sur la couche en désordre
Sommeillaient lourdement. Lui portait sur le cou
Une marque de dent.... Elle avait dû le mordre
Dans un moment de fièvre ou d'amour!... Pauvre fou!...

Elle se réveilla soudain, et son visage,
De rose qu'il était, devint blanc;... son regard,
Autour d'elle, un instant se promena hagard!
Puis, dans l'ombre, bientôt elle aperçut l'image
De son amant.... Alors sur son front elle mit
Un long baiser brûlant;... le fixa sans mot dire....
Sa lèvre se plissa sous un pâle sourire....
La bouche sur sa bouche, elle se rendormit!...

III

Contrastes incompris ! Mystères insondables !
Il advenait parfois qu'un délire imprévu
Touchant de ce beau corps les fibres malléables
Lui mettait dans le cœur un désir inconnu,
Des appétits nerveux, brutaux, insatiables
De voluptés d'amour !… Alors on avait vu
Cet être, auparavant dur et froid comme pierre,
Soudain reprendre vie à la chaude lumière
De ces feux de vingt ans !… On avait vu, Cristo !
La femme tout à coup se faire courtisane,
Le marbre ramolli devenir diaphane !
Cette prostituée, elle aimait Carmino !
Certes, elle l'aimait !… mais comme le tigre aime
La chair rouge de sang ! comme aime le vautour !
Comme le souverain aime son diadème !
C'était un égoïsme, enfin, que cet amour !

Car ce qu'elle cherchait dans ces moments d'ivresse,
C'était jouir !… et puis, adieu, rêves passés !
Car ce qu'il lui fallait : c'était cette jeunesse !
C'étaient ces appétits, par vingt ans amassés !

Oui ! les convulsions horribles et brutales
Seules, de cet amour, étaient le dernier but,
Quand son cœur était pris de rages bestiales,

Quand ce corps de Vénus, aux formes idéales,
Était par Cupidon tout à coup mis en rut !

Oh ! si vous l'eussiez vue alors pleurer, se tordre
Dans les spasmes nerveux qu'engendre le plaisir,
Crier et trépigner, et se briser et mordre,
Se roidir sous les coups de sangle du désir,
Une sombre douleur vous eût envahi l'âme !
Car c'était effrayant de voir pour cette femme,
Cet homme, cet enfant, prendre à deux mains son cœur,
En pressurer le sang, la chaleur, l'énergie,
Et livrer son honneur, ses rêves et sa vie
A cet amas hideux de fange et d'impudeur !

Autant c'est un tableau séduisant qu'une femme,
Dont le cœur virginal, s'étalant sans détour,
Vous livre ce qu'il a de dévorante flamme,
Dans un corps frissonnant sous un baiser d'amour !

Autant il est affreux de voir une Sirène
Enlacer dans ses plis tortueux et gluants
Un avenir riant, une jeunesse pleine
De croyances, d'espoir, comme elle est à vingt ans.

IV

Elle mourut !... Et lui vécut, pâle fantôme !
Il errait.... On eût dit qu'un endiablé destin

S'acharnait à pousser jusques à l'âge d'homme
Cet enfant!... Le Destin?... un drôle de lutin!...
Il fait ses coups la nuit, sans en jamais rien dire :
Il brisa le granit, écrasa Déjanire;
Il épargna l'enfant!... Il eut pitié du nain!...

Ce fut à l'hôpital que s'éteignit l'étoile!
Elle aimait, paraît-il, un dégoûtant vaurien,
Qu'elle allait voir le soir couverte d'un long voile,
Et qui la traitait, lui, pis qu'on ne traite un chien.

Cet homme était toujours fourré dans la taverne!
La nuit il était ivre et courait les maisons.
Il y prit certain mal, sans doute trop externe,...
Qu'il garda, comme font les ducs de leurs blasons!

Monsieur communiqua la chose à sa maîtresse;
Elle le tint secret par respect pour l'auteur!
Si bien qu'au bout d'un mois de honte, la détresse
Apparut! On vendit le fonds de la déesse!
A l'hospice elle entra... par ordre du docteur!

Le voyou fut trouvé, par une fraîche aurore,
Ivre-mort dans le fleuve où, sans se méfier,
Sortant du cabaret et titubant encore,
Le désir l'avait pris d'aller se nettoyer!

Elle,... pour s'en aller dormir au cimetière,
Mit huit jours à peu près;... et pourtant le suaire

Ne contenait pas tout ce qu'il devait avoir !
L'interne de service embellit sa chambrette
Du crâne et des fémurs.... Le reste du squelette,
Avec d'autres, alla pourrir au dépotoir !

Juillet 1868.

EN VOYANT PRIER UNE PAYSANNE

Toute la philosophie ne vaut pas une heure
de peine.

(PASCAL, *Pensées.*)

Oh! rêveurs qui penchez nuit et jour vos fronts blêmes
Sur vos livres jaunis des sueurs de vos fronts!
Philosophes chercheurs des éternels problèmes,
Hôtes pâles, ridés des abîmes sans fonds
Où vos yeux vont fouiller des trésors de science!
Pascal, Newton, vous tous qui par l'intelligence
Vous êtes faits jadis flambeaux d'humanité!
Qui ne voyiez en Dieu qu'une cause première,
Sans laquelle l'esprit, la raison, la matière,
Ne se concevraient plus que par fatalité,
Voyez-vous cette enfant qui seule à genoux prie?
Elle domine encor votre philosophie!
Car elle a toujours cru!... Vous! vous avez douté!

Juillet 1868.

RÊVERIE

Je veux parler aux fleurs de mon âme et de Dieu....

. . . .

« Toi qui, sous un rayon de feu,
T'épanouis à peine éclose,
Mignonne fleur, bouton de rose,
Oh! dis-moi! » Si, dans un désert
Brûlant au soleil du tropique,
On t'eût laissé, pauvre exotique,
En proie au souffle ardent de l'air!
Si la nature, bonne mère,
Se faisant marâtre à son tour,
T'avait délaissé sans retour
Dans un tourbillon de poussière;
Si tu n'avais jamais connu
La vivifiante rosée
Dont tu vois ta tige arrosée,
Que serais-tu donc devenu?
Pendant sa course vagabonde,
L'auster cût au loin emporté
Ta semence à travers le monde
Pour la perdre en l'immensité!
Et moi, fleur, ma petite amie,

L'orage aussi, pendant ma vie,
Souvent bien fort, m'a ballotté.
J'ai vu la nacelle légère
Qui me portait (le pauvre esquif!)
Briser ses flancs contre la pierre
Noire et traîtresse d'un récif!
Tendre et mignonne pâquerette,
Aussi blanche qu'un séraphin,
Sous ta gentille collerette,
Que me diras-tu ce matin?
Tu veux me reparler peut-être
De celui que tu dis ton maître,
Et dont tu reçois ta beauté?
Va, ma pâquerette innocente,
Certes, ta parure est brillante,
Ton calice bien velouté;
Mais si tu savais ma tristesse,
Si tu m'avais suivi sans cesse
Sur la route de mon destin,
Oui! comme moi, je te le jure,
Tu dirais qu'il n'est rien qui dure
Plus d'un soir ou plus d'un matin!
Qu'il en est qui viennent au monde
Heureux pour être heureux toujours;
D'autres que, dans la nuit profonde,
Jamais l'amitié ne seconde,
Pauvres de biens, pauvres d'amours!
Oui, tu dirais, ma pâquerette,
Que pour toi, s'il existe un Dieu,
Il en est qui, dans la tempête,

Ont tourné vainement la tête
Plus d'une fois vers le saint lieu !

Comme toi, tout petit encore,
Je savais, quand venait l'aurore,
Prier Dieu sur terre à genoux ;
Je savais, quand grondait l'orage,
Auprès de ma mère, pour tous
Les pauvres qui faisaient voyage,
Joindre les deux mains.... Et pourtant,
Dis-moi donc pourquoi maintenant
J'ignore jusqu'à la prière
Que me faisait dire ma mère,
La nuit venue, en m'endormant.

Août 1868.

HAYDÉE

Pourquoi, mignonne, cette flamme
Dans l'azur profond de vos yeux?
Savez-vous que les curieux
En profitent à qui mieux mieux
Pour lire dans toute votre âme?

O mignonne, baissez les yeux!

Quand vos lèvres roses s'entr'ouvrent
Frémissantes et nous découvrent
L'ivoire nacré de vos dents,
Savez-vous bien qu'on se demande
Si ce sourire se commande
Comme une paire de pendants!

Oh! cachez ces petites dents!

Tu te fâches, mimi, je change
Le ton de ce vilain sermon!
Ma Dédé, tu serais un ange,
Si tu n'étais pas un démon!...

Juin 1872.

MARGUERITE

A MADEMOISELLE T. D.

Thérèse, hier, j'ai consulté
Les feuilles d'une marguerite,
Je l'ai prise toute petite ;
L'enfance aime la vérité.

Savez-vous ce que la fleurette
Répondit, quand jusques au bout
J'eus effeuillé sa collerette?...
    .... Pas du tout !

Juillet 1869.

VINGT ANS

A vingt ans, il fait bon songer aux belles choses !
Il fait bon en dormant, dans un rêve effeuiller
D'un heureux avenir les pages encor roses,
Il fait bon s'endormir sur un blanc oreiller
        D'illusions fraîches écloses !

Il fait bon quand on n'a dans l'âme que bonheur,
        Vagues désirs, insouciance,
Il fait bon se laisser bercer par l'espérance,
Et, sous les chauds rayons de son adolescence,
        Sentir se dilater son cœur !

A vingt ans il fait bon voir une jeune fille
        Passer légère dans la nuit,
        Écouter sa voix qui babille,
        Et, bien caché par la charmille,
        Jusqu'au jour l'étreindre, sans bruit !

Juillet 1869.

VOLAGE

A MADAME R....

Thérèse, n'as-tu pas oublié cette page
Où tes yeux aimaient tant, jadis, à s'arrêter ?
Quand ton regard distrait s'abaissait sur l'image
Que tu devais bientôt, méchante, déchirer !

Sans doute il te souvient encor de la gravure
Que de sa main l'amour, un soir, y crayonna !
Mais caprice d'amour, hélas, jamais ne dure !
Et le dessin bientôt, mignonne, se fana !

Et pourtant, ce dessin, c'était toute notre âme !
Une petite fleur bien humble, un aime-moi !
Pourquoi ton œil alors, laissa-t-il une larme
Tomber tiède et brillante.... Oh ! bien vite le charme
S'envola !... Tu mentais donc, Thérèse ?.... Pourquoi ?

Depuis, j'ai vu passer bien des nuits, tantôt belles,
Tantôt noires !... et puis, j'ai pensé maintes fois

Que nos chants devenaient de sottes ritournelles
Qui nous faisaient bâiller et nous faussaient la voix !

Eh ! nous avons bien fait de laisser la romance !
Elle nous assommait à la fin, n'est-ce pas ?
Puis en amour il faut un peu d'eau.... de Jouvence !
L'ennui, là comme ailleurs, engendre l'impuissance !
Tu me le dis du moins, lorsque tu me quittas !

Avril 1869.

ANATHÈME

Amour! Amour! Tyran, despote sanguinaire,
Sentinelle de mort que pour nous agacer,
Dieu mit à nos chevets! Si j'étais poitrinaire,
Je dirais que c'est toi dont la main meurtrière
M'a fait avant le temps vers la tombe avancer!

Mais je me porte, hélas! comme se porte un charme!
Et pourtant que de fois n'as-tu pas essayé
Sous tes ongles rosés de m'égratigner l'âme
Comme si l'on t'avait pour cette œuvre payé!

Oh! je me vengerai de toi, je te le jure!
Je veux de ton pouvoir me moquer à mon tour :
Je veux que ma carcasse encor soixante ans dure
Pour montrer combien lent est le poison d'amour!

Avril 1869.

MARIE

A MADEMOISELLE MARIE C. DE R.

Ma plume en écrivant n'a pas voulu mal faire !
L'abeille qui s'en va sur les fleurs butiner,
Voltige sans souci de rose à primevère,
Et la fleur souriant à l'abeille légère
Lui pardonne !... Mais vous ?.... Voudrez-vous pardonner ?

Oui ! vous pardonnerez aussi cette boutade
D'un esprit contrefait, ridicule et jaloux !
Mon humeur est ce soir voyageuse et maussade,
Enfant ! pardonnez-lui sa petite escapade !
Ma folie, hélas ! vient de trop penser à vous !

Vous ne m'en voudrez pas de ce que je vais dire,
Car je vous le dirai dans l'oreille et tout bas !
Loin de vous en fâcher, le mieux sera d'en rire
Riez ! riez bien fort ! mais ne me grondez pas !

Aussi pourquoi faut-il, enfant, que je vous dise

(C'est un bien grand défaut, parfois, d'être trop franc)
Qu'il est doux d'aspirer la senteur d'Idalise
De vos cheveux épars sur votre oreiller blanc !

Que j'aime vos yeux noirs !... Mon Dieu ! Combien peut-être
L'ont pensé, qui n'ont pas, comme ils l'auraient voulu,
Osé, par un aveu, vous le faire connaître !
De ces souffrances-là votre àme n'a rien su !

Quand on a dans le cœur un feu qui vous consume,
On souffre et l'on voudrait alors croire au néant !
L'amour est ténébreux souvent comme la brume
Qu'on voit pendant les nuits flotter sur l'Océan !

Puis, dans ces moments-là, Dieu seul lit dans une âme,
Lui seul peut démêler les instincts confondus !
Et les délires faits d'angoisses et de larmes,
Et les baisers de feu dans les ombres perdus !

Mais pourquoi plus longtemps vous parler de ces choses ?
Pourquoi, de mes pensers vous montrer les bas-fonds !
Vous êtes de ces fleurs encor à peine écloses
Dont un soleil trop chaud fait incliner les fronts !

Puis ce que je dirais serait bête, peut-être !
On a tort de vouloir ce qu'on ne peut toucher !
Dieu le père l'a dit par la bouche du prêtre,
Vouloir manger du fruit défendu.... C'est pécher !

Je pèche !... Je vous sais l'âme compatissante !

Oh ! laissez-moi pécher encor quelques instants !
Et si de confesser une ame repentante
Le projet vous séduit, ô Marie, et vous tente,
J'ouvrirai de mon cœur la porte, à deux battants !

Mai 1869.

BILLET DOUX

A MADAME DE B.... A C....

Vous m'avez demandé, Madame,
Bien souvent, ce qu'il me faudrait
Pour rendre la paix à mon âme,
Quand vous saviez qu'elle souffrait !

Et pour vous j'ai tenu secrètes
Mes sourdes tortures de cœur !
Mais les insipides retraites
A la fin me faisaient horreur !

J'ai voulu revoir les étoiles
Qui, la nuit, scintillent aux cieux
Et, déchirant mes sombres voiles,
Affronter encor vos grands yeux !

Voilà pourquoi je viens vous dire
Ce que j'ai caché si longtemps,

Ce qui me donnait le délire
Et me fanait tous mes printemps !

J'aurais voulu me voir, Madame,
A vos genoux bien supppliant,
Baigner dans votre âme mon âme,
Vous bercer en vous souriant !

J'aurais voulu quand la nuit sombre
Vous enlaçait moelleusement,
Voir en rêve passer votre ombre
Blanche dans mon noir firmament !

Être petit oiseau volage
Pour becqueter dans votre main !
Être le satin du corsage
Qui me dérobe votre sein !

Être la mignonne bottine
Qu'un petit pied faisait crier,
La transparente mousseline,
Le duvet de votre oreiller.

Être la blanche chemisette
Dont on s'enveloppait le soir,
Lorsque, en face de la toilette,
On souriait à son miroir !

Être les petits rideaux roses
Derrière lesquels on cachait

Si belles et si douces choses
Que le lit même en frissonnait !

Être enfin, Madame, vous-même,
Vos caprices et vos désirs !
Et vous aimer autant que j'aime
A cette heure, ces souvenirs !

Juin 1869

CHANT D'UNE MÈRE FOLLE

A MADAME S....

(Devenue folle à la suite de la mort de sa fille)

Voyez comme son front est blanc, calme, placide !
Approchez.... doucement ! Léger est son sommeil !...
Et je ne voudrais pas devancer son réveil !...
Elle est si belle ainsi !... Sa paupière est humide....
Et sa bouche entr'ouverte !... Elle parle tout bas !
O célestes amants de cette âme candide,
Séraphins du bon Dieu !... ne la réveillez pas !...

Écoutez !... On dirait, enfants, qu'elle murmure
La romance qu'au soir elle chantait parfois !
Oh ! laissez-la !... Si douce et si pure est sa voix !
Je voudrais que longtemps son sommeil ainsi dure !
Le monde au moins ici ne la ternirait pas !
O célestes amants de cette âme si pure,
Séraphins du bon Dieu !... ne la réveillez pas !...

Aucune lèvre d'homme encor n'a sur sa bouche

Respiré le parfum si doux de ses seize ans !
Et je veux la garder ainsi loin des méchants,
Afin qu'aucune main sacrilége n'y touche !...
Car elle est belle ainsi, la tête sur ses bras....
O vous tous qui l'aimez, veillez près de sa couche ;
Séraphins du bon Dieu !... ne la réveillez pas !...

Puis elle est vierge encor ; regardez sa poitrine,
Ne serait-il pas triste et sot, en vérité,
Qu'un bébé vînt ternir l'incarnat velouté
De ces seins !... Leur couleur est fraîche et cristalline !
Ils seraient mous et laids !... Anges, chantez bien bas,
Auprès de votre sœur, la cantate divine.
Oh ! bercez-la toujours, ne la réveillez pas !

Août 1869.

UN RÊVE

A MADAME D....

Quelle est cette ombre dans la nue,
Ce spectre aux indécis contours,
Qui de ma pauvre âme éperdue
Vient fouiller les mille détours?

O blanc fantôme aux larges ailes
Qui voltiges autour de moi,
De tes regards les étincelles
Brûlent mon sang!... Éloigne-toi!

Je veux dans mon insouciance,
Loin de tout bruit m'appesantir!
Amour est frère de souffrance!
Fantôme, laisse-moi dormir!

. . . .
. . . .

Je sens se fermer mes paupières!
Je vois des sylphides légères

Voltiger autour de mon front !
J'entrevois des bacchantes folles
Semblables à des banderoles
Se tordre et sautiller en rond !

Je vois aussi d'étranges formes
Laides et belles à la fois,
Voluptueuses et difformes,
Bosses de nains et fronts de rois !

Blanches poitrines frissonnantes
Sous la brise des voluptés,
Chevelures au vent flottantes,
Lèvres roses, seins veloutés.

Quels sont ces contrastes étranges ?
Vierges au regard bleu d'azur,
Petites filles, petits anges,
Courtisanes à l'œil impur !
J'écoute l'onde qui roucoule
Placide à l'ombre des roseaux,
Le torrent furieux qui roule
La blanche écume de ses eaux !

Je vois une enfant qui supplie
Pour sa mère le Dieu clément !
J'entends une fille qui crie
Cheveux épars dans une orgie,
En traitant de plaisanterie
Le suicide d'un amant !

Je vois une abeille lutine
Et bourdonnante qui butine
Le suc odorant d'une fleur !
Je vois une visitandine,
Qui pour rester vierge s'obstine
A n'aimer que... son confesseur !

Il fait bon dans l'insouciance,
Loin de tout bruit s'appesantir !
Amour est frère de souffrance !
Fantômes, laissez-moi dormir !

Janvier 1870.

ORGIE

CHOEUR.

Honneur au chœur joyeux qui sait chanter et rire !
Amis, inaugurons, à cette heure, l'empire
     Du vieux Silène, de Bacchus !
A nous le Dieu d'amour !... que sa brûlante ivresse,
Nous transporte ce soir au temple d'allégresse,
Sur le char étoilé de sa mère Vénus.

Trop rigide vertu, tu n'es qu'un vain fantôme !
Mais le temps est passé de commander à l'homme
     Une abjecte soumission !
Affranchis de ton joug nous narguons ta puissance !
Car nous avons assez de ton omnipotence
     Et de ta domination !

Et toi qui sous ton voile autrefois dans le monde
Recélais du plaisir l'origine profonde,
     Pudeur !... Va ! laisse-nous !
La pudeur ? Aujourd'hui, c'est une ombre qui passe !
A peine la voit-on flottante dans l'espace
Trainée au char boueux des bigots et des fous !

MARCO.

Moi ! j'aime un verre de champagne
Près d'une sénora d'Espagne
Au col blanc, aux longs cheveux noirs !
J'aime à sentir sur mon épaule
Sa belle tête d'Espagnole
Lente se pencher tous les soirs !

RACHEL.

J'aime quand rugit la tempête,
A prendre pour cacher ma tête
Le manteau qui couvre ton corps !
J'aime près de toi sur ma couche
A sentir se presser ta bouche
Contre mes seins quand je m'endors !

MARCO.

Viens sur mon cœur qui se soulève
Comme le flot qui bat la grève,
Ma Rachel, viens presser ton sein !
Hier, rêvant, j'ai vu ton ombre
Qui près de moi dans la nuit sombre
Plaçait ton beau corps près du mien !

ALVAREZ.

Ce que j'aime le plus au monde,
C'est de voir une tête blonde
Entre mes bras, la nuit, trembler !
Sous un beau sein blanc comme albâtre,
De sentir longtemps un cœur battre
Et d'amour follement brûler !

PÉDRO.

Moi ! j'aime à regarder se tordre

Une femme que je puis mordre
Quand je suis ivre-fou d'amour !
Puis à la contempler brisée
S'endormant sans force, épuisée,
Loin des feux importuns du jour !

CHOEUR.

Liberté ! Liberté ! L'heure de ton empire
Si longtemps attendue, enfin va donc venir !
Trônes, despotes, rois, nous pourrons vous maudire,
Et cracher nos dégoûts sur votre souvenir !

MARCO.

O frères, oublions ce qu'un rêve éphémère
Donnait au temps jadis comme réalité.
Nous avons maintenant la suprême lumière !
L'esprit a tué Dieu pour jamais !...

ANTONIO.

                Quand l'été
Vient jaunir les moissons dorant au loin la plaine,
Quand automne de vin fait votre coupe pleïne,
Est-ce vous dont la voix fait mûrir les épis ?
Est-ce vous qui soufflez sur les verts ceps de vigne
Pour leur donner soudain, munificence insigne !
Leur force et leur douceur !... Dans les cieux accroupis,
Sphinx de l'immensité, brûlant des yeux l'espace,
Tous les flambeaux des nuits, vous les avez créés !
Et ces flots, chaque soir par le flux soulevés,
C'est votre doigt aussi qui leur marqua leur place,
Votre voix qui leur dit, majestueuse : « O flot
Tu viendras te briser ici, sur cette plage,

Mer, tu viendras lécher les pieds de ce rivage,
Tu n'iras pas plus loin !...

ALVAREZ.

Mais !... ah ! çà ! quel grelot
Fêlé vient de troubler tout à coup sa cervelle ?

MARCO.

Prendrait-il ce salon pour la Sainte-Chapelle ?

RACHEL.

Alvarez, verse-lui sur la tête un peu d'eau !

ALVAREZ.

Mais Dieu va te nommer, en raison de ton zèle,
Mon cher, grand-bâtonnier du céleste barreau !

CHOEUR.

Que Diable veut-il nous dire ?
Est-ce afin de nous faire rire
Qu'il se fait avocat des Dieux !

MARCO.

C'est un nouveau Vulcain dégringolé des cieux !
S'il s'est fêlé le crâne en sa chute rapide
Tant pis !... Mais c'est assez de ce sermon stupide !
Nous sommes à souper, non au prêche !

PÉDRO.

Vraiment
Le saint curé de mon village
N'avait pas plus dévot langage !

ALVAREZ.

Je demande la fin du sacré boniment !

MARCO.

Est-il donc catholique,
Cardinal ou forçat,

Protestant, hérétique,
Schismatique, apostat ?
   Est-il jésuite
   Ou casuiste
   Noble, curé ?
   Est-il déiste
   Ou panthéiste,
   Moine châtré ?

ANTONIO.

Pourquoi tous ces vains mots qui tombent dans le vide ?
Pourquoi cette fureur inutile et stupide,
Ces cris, au premier mot synonyme de Dieu !
Pourquoi contre mon front heurter votre colère ?
Ne sais-je pas assez comme il est éphémère
Ce dépit de bambin qui fait briller vos yeux ?

Mais vous êtes enfants.... Aussi je vous pardonne
Et que de mon pardon léger soit le fardeau !
Mon corps s'il vous le faut, oh! je vous l'abandonne !
Mais laissez à mon âme un rêve de berceau !
Laissez au cœur humain ce que le cœur vénère !
Traitez, si vous voulez, l'Éternel de chimère,
La Vierge d'impudique et le Christ d'intrigant !
Mais laissez à l'enfant ce qui fait qu'il espère,
Respectez la nature en respectant la mère,
Enfin, respectez-vous en respectant l'enfant !

Oh ! pourquoi donc ce Dieu que l'univers adore
Et que vous reniez, que votre mère implore
Pour vous soir et matin, suppliante, à genoux,

Pourquoi Dieu m'a-t-il fait en me créant poëte,
Pourquoi donc m'a-t-il mis un tison dans la tête,
Et pourquoi vous a-t-il faits blasphémateurs, vous?

Et pourtant le dégoût seul règne sur mon être,
Intelligence, esprit, j'ai tout fait disparaître
Dans le gouffre boueux de la sensation!
Oh! si vous m'entendez dire le mot de femme,
C'est que je hais, pardieu, cet instrument infâme
Éclaireur avili de prostitution!

Elles ont fait mon cœur se durcir à leur glace
Ces femmes!... Vous voyez bien sur mon front leur trace!
Elles m'ont injecté leur venin dans le sang!
De fort elles m'ont fait devenir impuissant!
Elles m'ont abruti! moi, roi de la nature,
Moi, du Dieu créateur la vivante figure,
Moi, brute maintenant!... Oh! spectre, éloigne-toi!
Ne me demande plus ni baiser ni sourire!
Car des deux mains je veux désormais te maudire,
Et t'écraser du pied, et redevenir moi!...

. . . .
. . . .
. . . .

Tandis qu'Antonio maudissait l'assistance,
Il s'était tout à coup fait un profond silence!
Plus de cris de colère ou d'éclats de gaîté!
On voyait des flambeaux s'affaiblir la clarté!
Avaient-ils du remords reçu quelque morsure?

Une invisible main leur avait-elle mis,
Vengeresse du ciel, au front une souillure
Si profonde qu'enfin ils s'avouaient soumis?

. . . .

Non!... Car on entendit bientôt un long murmure!
Sonore ronflement d'ivrognes endormis.

Août 1867.

ON SE RÉGÉNÈRE

I

Que nous reprochez-vous? notre décrépitude?
N'en avez-vous pu prendre encore l'habitude,
 Vous qui parlez ainsi?
Vingt ans n'avons-nous pas marché le front à terre,
Comme ferait un chien auquel dans sa colère
 Son maître crie : « Ici! »

Ah! vous vous rappelez, vous, les grandes époques
Où l'on ne craignait pas de convertir en loques
 Vêtement et chapeau !
De se rouer de coups aux portes d'un théâtre
Pour défendre du poing un principe, ou l'abattre
 Comme on fait d'un drapeau !

Est-ce que de nos jours semblable enthousiasme
Serait de bon aloi?... Soldats du cataplasme,
 Nous, Messieurs, nous portons
Des cols cassés !... Fi donc! Chiffonner nos manchettes!
Se battre !... On se battait au vieux temps des grisettes :
 Aujourd'hui nous bâillons!

Et puis, que nous importe enfin la polémique ?
Que l'Institut, s'il veut, se gorge de classique
      Et laisse Littré-Loup,
Entrer dans l'orthodoxe et calme bergerie,
Au risque d'exciter la biblique furie
      Du berger Dupanloup !

Que nous font après tout ces luttes littéraires ?
Nous allons aux fauteuils et laissons les parterres
      Au pignouf, au claqueur !
Nous soupons chez Péters et nous allons aux courses
En landau !... Nos catins en veulent à nos bourses
      Et pas à notre cœur !

Laissez donc en repos dormir tous vos fantômes,
Nous sommes, nous, Messieurs, de parfaits gentilshommes
      Et non des citoyens !
Vos grands mots sonnent creux, comme des caisses vides.
Liberté, gloire, honneur : des termes insipides,
      Des sophismes, des riens !

Tenez !... Il est des gens qui ne sachant que dire
Se mettent à crier anathème à l'Empire,
      Et l'Empire, après tout,
Nous a faits plus heureux qu'on n'a jamais pu l'être :
Sous l'Empire on pouvait à l'aise se repaître
      De honte et de dégoût !

Maintenant l'on voudrait priver notre jeunesse
Du plaisir de noyer chaque nuit dans l'ivresse

Notre esprit, notre cœur !
Oh ! l'on reconnaît bien là votre république !
Travailler chaque jour à la chose publique !
        Nous, le peuple blagueur !

Allons donc ! Qu'on nous rende au plus vite l'Empire !
Il nous tarde, Messieurs, de souper et de rire,
        De nous griser encor !
Nous avons trop, pardieu ! de votre sot régime ;
D'ennui la république est pour nous synonyme ;
        Ça manque de décor ?

Qu'on nous fasse Teutons, Anglais, Russes, Valaques !
Nos visages ont pris l'habitude des claques
        Des soufflets, des crachats !
En avant les combats où les vins sont les armes !
Et les verres, canons, et les ennemis, femmes,
        Les charges, entrechats !

— Mais la France, tudieu ! Messieurs, est épuisée !
Mais son corps est meurtri, sa poitrine écrasée
        Sous les pieds des vainqueurs !
Mais ne voyez-vous pas, — vieux débauchés caduques,
Que la shlague bientôt fera courber vos nuques,
        O sinistres moqueurs !

— Ah ! çà ! Nous romprez-vous encor longtemps la tête ?
Votre discours, Monsieur, est lugubre et fort bête !
        Laissez là le billot

Et les spectres sanglants !... Si vous voulez poursuivre,
Veuillez attendre au moins, Monsieur, que je sois ivre !
    — Mais que diable....
          — A Chaillot !...

1er avril 1872.

LE MATIN

J'entends au loin chanter la brise
Sous le vieux porche de l'église
Dont le clocher brille au soleil ;
J'entends le carillon qui tinte
Là-bas dans la demeure sainte,
Pour nous annoncer le réveil !

Je vois partout la foule infime
Qui petit à petit s'anime,
Les fleurs saluant le ciel bleu.
L'oiseau chante, tout veut sourire,
Tout semble à l'envi vouloir dire :
Bonheur au monde et grâce à Dieu !

Janvier 1870.

ELLE DORT

Voyez comme sa chevelure
D'ébène, éparse sur son col,
Encadre sa blanche figure,
Dont serait jaloux, je le jure,
Le plus bel infant Espagnol.

Voyez son sein qui se soulève
Comme un flot se soulève au vent,
Quand la brise au matin enlève,
Loin des rochers verts de la grève,
Une barque sur l'Océan !

Janvier 1870.

RELIGION

Sainte religion! toi qui de Dieu lui-même
Prétends seule garder l'insondable problème,
     Au fond de tes temples dorés!
D'où vient que sous ta main tout l'univers s'incline?
Ta morale sans doute est auguste et divine,
Et tes enseignements sont partout vénérés!

Oui! sans doute il est beau, dans un grand jour de fête,
De contempler, pensif, ta pompe et tes grandeurs,
De voir un peuple entier muet courber la tête
     Devant tes magiques splendeurs!

Sans doute il n'en est pas qui n'ait senti son être
S'incliner et rentrer en lui-même, interdit,
En écoutant le chant majestueux d'un prêtre
Par les voûtes du temple aux fidèles redit!

Oui! sans doute il est grand le culte catholique,
Grand, et par son principe et par sa majesté!
Sans doute il a toujours, de la chose publique,
Propagé le respect, prêché la dignité!

Mais pourquoi de tout temps a-t-il voulu proscrire
De l'humaine raison l'intelligent empire?
      Pourquoi ne voulut-il jamais
Accepter du progrès la sublime parole?
Pourquoi toujours a-t-il rejeté son contrôle?
Vieil égoïsme humain, toi seul nous le dirais!

Pourquoi?... Frères, je crois étrange ce problème;
Mais s'il m'était permis d'avouer sans détour
Quel est mon sentiment, ou plutôt mon système,
Je dirais que mon culte est celui de l'amour!

Je dirais qu'il n'est pas, pour aimer, nécessaire
D'aller en grande pompe aux regards s'étaler!
Je dirais que Jésus fut l'homme du mystère,
Qu'il ne chercha jamais le luxe et la lumière,
Que par la pauvreté seule il voulut briller!

Je dirais que partout sa sublime parole
Prêcha le dévouement et la fraternité,
Que toujours le haillon fut son divin symbole,
Et que de ses haillons naquit la charité!

Août 1867.

LES ÉTRENNES

On m'avait dit souvent que dame Frédégonde,
Dédaignant de l'amour les sottes voluptés,
Préférait aujourd'hui (comme on change en ce monde!),
De Riche ou de Brébant la cuisine féconde
Et les mets succulents des gourmets convoités!

Depuis, j'ai dû me rendre, hélas! à l'évidence!
Vénus s'est travestie en Brisse, et par les Dieux!
Si je m'en rapportais à sa grasse opulence,
Je devrais confesser que dans son existence
Ce changement est bien ce qu'elle a fait de mieux.

Donc, l'autre soir, rêvant à ces métamorphoses
Qui vous font de l'amour un gros dindon truffé,
Je creusais mon cerveau pour en trouver les causes!
Mais il est de cela comme de tant de choses
Dont notre siècle a fait un vaste autodafé!

Et puis on aurait beau crier à l'anathème,
La colère, je crois, ne servirait à rien!

La femme de tout temps toujours sera la même :
Synonyme du mal et contraire du bien.

Donc, m'étant bien fourré ces maximes en tête,
J'en étais, l'autre jour, à creuser mon cerveau
Pour.... Mais, me direz-vous, votre histoire est fort bête ;
Pour divaguer ainsi, s'il faut être poëte,
Les poëtes sont bons à jeter au ruisseau !

Pardon !... Permettez-moi, de grâce, un commentaire
Qui vous expliquera ma pensée en un mot ;
Peut-être, cependant, vaudrait-il mieux me taire ;
Tant pis, j'ai commencé, messieurs, oyez plutôt :

Le bonheur a voulu que jadis auprès d'elle,
Elle ! vous savez bien, la Blanche aux blonds cheveux,
Je pus un certain soir vider mon escarcelle,
Et payer mille écus un regard de ses yeux !

Depuis, j'ai contracté la stupide habitude
D'aller au premier jour de chaque nouvel an
Lui porter de mon cœur l'antique gratitude,
Savoir si mon amour est toujours aussi rude
Au labeur, ou coté même prix à l'encan !

Cette fois ne sachant quelle offrande lui faire,
J'ai voulu, prévoyant l'inconstant avenir,
Lui donner un cadeau dont elle sût que faire,
Et qui la fasse un jour de moi se souvenir !

Guidé par mon humeur, ce soir-là fort grivoise,
Je me décide enfin pour un livre!... Un roman?
— C'était un manuel de cuisine bourgeoise!
A cette offre madame, en colère me toise!
— Quoi! monsieur, me prenez-vous pour un éperlan!

Sortez! ou je vous fais..... Chut!... Tout beau, ma mignonne,
Lui dis-je, pourquoi donc si fort me gourmander?
La raison de cette offre est courte, simple et bonne,
Seul, ce livre aujourd'hui pouvait t'accommoder!

Novembre 1872.

VISION

Je m'étais bien souvent demandé si n.on àme
Avait été par Dieu marquée en traits de flamme
      Au livre des prédestinés;
Si sòn doigt m'avait fait, en me créant, poëte,
Ou bien s'il m'avait mis autrefois sur la tète
      Le fer rouge des condamnés?

Je m'étais demandé bien souvent dans ma peine,
Si du nectar divin j'avais ma coupe pleine,
      Ou du fiel de l'adversité?
Je m'étais demandé si je devais écrire!
Et cependant ma main se crispait sur ma lyre,
Et mon cœur s'emplissait d'étrange volupté!

      Et soudain la corde sonore
      Vibra.... puis je sentis mes yeux
      Devant une éclatante aurore
      Éblouis de rayons de feux!
. . . .
. . . .

Foi sublime!... Salut!... Inspire un chant de fête'
Fais résonner bien fort la lyre du poëte,

De tes parvis sacrés, ouvre les portes d'or !
Laisse ma faible voix dire au monde ta gloire,
Laisse mon chant partout publier ta victoire,
    Ne m'abandonne pas encor !

Car si tu me fuyais, mon cœur serait de glace !
Je flotterais toujours indécis dans l'espace
    De la sombre incrédulité !
Tandis que près de toi je trouve la lumière !
Ton ombre me console et m'anime et m'éclaire,
Reste !...
      — Je suis maudit !... Elle aussi m'a quitté !...

                        Juin 186

EUX ET LUI

(DEUXIÈME ÉDITION)

EUX ET LUI

Eux ! les hommes de proie ! *Eux !* les brutes sauvages !
Eux ! les soldats du vol, du meurtre, des pillages !
Lui !... Bonaparte III ! — J'ai voulu rapprocher
Son nom maudit du leur, si bien que notre haine
Ne sût plus discerner, dans leur bourbe malsaine,
Le traître du vainqueur, le vendeur du boucher !

Que de sa lâcheté cette honte nous venge,
Et je serai content !... Il nous fit tant souffrir
Que, malgré le dégoût de ce sale mélange,
Du pied j'enfoncerais sa tête dans la fange,
Si la tentation lui prenait d'en sortir !

VÆ VICTORIBUS

I

Elle régnait au loin, et sa gloire passée
    Lui garantissait l'avenir !
Jamais elle n'eût eu cette crainte insensée
    Que sa puissance pût finir !

Sa grandeur n'avait plus ici-bas de frontière ;
Devant elle pliaient les fronts les plus hautains ;
Au monde elle donnait la vie et la lumière,
Les étoiles aux nuits, le soleil aux matins.

Pas un peuple eût osé contester sa puissance ;
    Tous réclamaient son bras vainqueur !
C'était des nations la nouvelle alliance,
    Dont elle était l'âme et le cœur !

Plus d'une fois, durant sa magnifique histoire,
Elle avait, elle aussi, vu de bien sombres jours !
Mais, des malheurs passés oubliant la mémoire,
Elle se croyait voir heureuse pour toujours !

Et voilà que vingt ans d'une grandeur menteuse,
    Comme un songe brillant, ont fui !...
Elle avait abdiqué, dans une main honteuse,
Son prestige d'honneur et sa force !...

                ... Aujourd'hui !...

II

Impuissante et meurtrie, elle est là, palpitante,
Sous l'étreinte de fer d'un vainqueur sans pitié !
Elle est là ! qui rugit à terre, pantelante,
    Les flancs ouverts !... morte à moitié !

Elle est là !... Voyez sous cette figure blême,
Ce front noirci de poudre et ce regard éteint?
Ce bras qui de sa gloire agite encor l'emblème
    Et convulsivement l'étreint !

Voyez-vous ce beau corps étendu dans la fange,
Cette gorge d'albâtre, et les anneaux flétris
De ces cheveux souillés au putride mélange
    De chairs et d'ossements meurtris !

III

C'est la France !... C'était la grande souveraine
Dont le souffle faisait tressaillir autrefois

Les peuples réchauffés par sa brûlante haleine!
Dont un geste soudain faisait pàlir les rois!

C'est la France!... A ce nom, jadis, on vit le monde
En sursaut se lever et retomber tremblant;
Car la France réglait alors la mappemonde
Et qui disait Français, voulait dire géant!

Aujourd'hui, pauvre France! elle souffre, elle pleure,
Et nul au monde, hélas! ne la vient secourir,
A ce lugubre instant, suprême et dernière heure,
Où du funèbre glas le son va retentir!

La mort! oh! Dieu! mourir est une horrible chose,
Après avoir été si grande que partout,
A son gré l'horizon se faisait noir ou rose,
Et qu'un ordre, un désir, un seul mot, c'était tout.

Avoir, pendant dix ans de courses triomphales,
Marché du sud au nord, poursuivi, terrassé
Vingt peuples différents, pris douze capitales,
Et mourir comme un chien, dans un coin, délaissé!

IV

Non! Dieu ne le veut pas, non! c'est chose impossible,
Car on ne peut tuer, ô France, ton passé!
Car jusqu'en ton néant, tu resterais terrible
Malgré ton bras inerte et ton glaive émoussé!

Non ! tu ne mourras pas ! car il faut que tu vives,
Pour atteindre un seul but, ô France, te venger !
Car à cette heure, plus tes tortures sont vives,
Et plus sera ton bras inflexible à frapper !

Oh ! c'est entr'eux et nous désormais une haine
Dont l'un ou l'autre un jour il nous faudra mourir ;
Car de fiel ils nous ont fait la coupe trop pleine,
Et nous les voulons voir autant que nous souffrir !

O vengeance ! grand mot ! espoir qui nous fait vivre,
Souffle qui nous ranime et le sang et le cœur !
O vengeance ! c'est toi que nous voulons poursuivre ;
Car toi seule ici-bas, peux nous rendre l'honneur !

V

France ! Relève-toi !... tes destins sur la terre
Ne sont pas accomplis, et ne le seront pas
Tant que tu n'auras pas déchiré ton suaire
Et fait lécher par eux la trace de tes pas !

Oui ! nous vous haïssons, o Peuples germaniques !
Oui ! nous voulons aussi brûler à notre tour
Vos temples, vos palais, vos vieux manoirs gothiques ;
Nous aussi, nous voulons imprimer sans retour
Sur vos fronts un stigmate infâme, indélébile ;
Nous voulons !... nous voulons que nos petits enfants

Maudissent votre nom ! nous voulons que stérile
Devienne votre sein ! nous voulons, pantelants,
Vous voir mordre la terre et que le monde dise
En vous voyant brisés : « Vainqueurs, ils auraient pu
Prendre l'humanité pour sublime devise,
Et, tyrans inhumains, ils ne l'ont pas voulu ! »

Et nous ferons ainsi, car de notre parole
Nous avons le respect, nous, et quand nous voulons,
Nous faisons ! Car l'honneur, voilà notre symbole,
Et quand nous avons dit haïr !... nous haïssons !

Et nous avons pour nous la plus sainte des causes,
La cause du progrès dont vous avez fait fi !
Insensés qui croyez mettre sur toutes choses
De la brutalité le stupide défi !

VI

O ma France, combien tu sembles encor belle
Quand ton regard superbe et toujours menaçant
Fait planer les éclairs de ta fauve prunelle
    Sur le monde frémissant !

Ceux qui vivaient de toi, les premiers, t'ont trahie
Comme le fut jadis Jésus-Christ par Judas !
Où tout autre eût perdu sa puissance et sa vie,
    Toi seule tu ne meurs pas !

Sur ta tombe déjà les peuples en délire,
Chantaient et se pressaient joyeusement les mains,
Lorsque te redressant sur ton lit de martyre,
Tu leur fis grimacer le stupide sourire,
Des bandits qu'on surprend au détour des chemins !

Et les chants de triomphe ont fait place au silence
Quand on a vu ton front pâli par la souffrance,
Aux regards, du malheur offrir la majesté !
Peuples et rois alors tous sont rentrés dans l'ombre,
Se répétant tous bas, entr'eux, dans la nuit sombre :
« Le Colosse était mort ! Il est ressuscité !

15 décembre 1871.

CHISLEHURST

I

Corse numéro trois, oui, je veux te maudire !
Oui, je veux te cracher au visage et te dire
Combien je te méprise et combien je te hais !
Oui, je veux que ton nom, je veux que ta mémoire,
Cloués au pilori de l'implacable histoire,
Soient honnis, détestés, exécrés pour jamais !

Ton oncle fut jadis un terrible despote ;
Mais s'il nous tint rampants, écrasés sous sa botte,
Au moins il décora notre servilité
D'un peu d'honneur !... Et toi, tyran sans probité,
Tu ne nous as donné que honte et que misère !
Tu nous as mis au front un signe délétère
D'opprobre !... L'oncle au moins avait eu Marengo,
Austerlitz et Wagram, et tant d'autres encore !

Avant la nuit, pour lui brillante fut l'aurore.
Le flot de Sainte-Hélène effaça Waterloo !

La France ne fut pas pour lui la courtisane
Qu'on adore le soir et qu'on chasse au matin !
Ce ne fut qu'une enfant dont sa lèvre profane
Insulta le front vierge, et dont il fit soudain
Sa complice, son bien, sa chose, sa maîtresse !
Mais si de ses baisers il macula son front,
Il ne la vendit pas dans un moment d'ivresse,
Et mourant, l'œil tourné vers la France en détresse,
Il pleura de n'avoir pu laver son affront !

Toi, tu nous as tout pris, sanguinaire vampire,
Jusques à notre nom, jusques à notre honneur !
Si bien qu'il ne nous reste, après vingt ans d'Empire,
Que le stérile droit de te pouvoir maudire,
Sans même t'avoir là pour t'arracher le cœur !

Le cœur?... En as-tu donc, despote sans génie,
Arlequin sans esprit, qui ne dus ton renom
Qu'au bizarre destin dont l'inepte folie
Te donna de ton oncle et le sceptre et le nom

Saltimbanque éhonté, la sottise publique
Naguère te livra son honneur et son bien !
Sans doute il te souvient du serment impudique
Que tu prêtas alors à l'autre république !
Et ce serment, l'on sait comme tu le tins bien !

Tu t'es fait afficher dans tous les coins de France,
Affublé d'une toge, ò moderne Sylla !
Et loin de rire, on dut t'admirer en silence ;
Car on avait vieilli sous ton omnipotence,
Et l'on t'avait subi vingt ans, Caligula !

II

Tu n'es plus aujourd'hui qu'un immonde fantôme !
Fantôme reste donc !... car si l'on te voyait
Reprendre l'apparence et le vouloir d'un homme,
Notre mépris peut-être en rage tournerait.

Aux spectres, c'est la nuit qu'il faut, non la lumière !
Dans l'ombre reste donc ! Grâce à l'obscurité,
Peut-être on oubliera dans ta bourbeuse ornière
Le souvenir maudit de ton nom détesté !

1er décembre 1871.

TABLE DES MATIÈRES

FIN DE LA TABLE DES MATIÈRES.